I

もう飛びません　この蝶々　8
大震災を体験して　12
泰山木　16
梅雨の晴れ間　18
妙心寺　雨　22
だれもいない墓地　24
岬　28
ヒアシンスハウス　30
龍宮　34
どうだんつつじ　38

Ⅱ

槿と櫻　42
うおつりザウルスの転身　44
東シナ海文化圏　46
釈迦涅槃像　50
擬宝珠　52
ルピナス　54
サルマチア　56
受胎告知　60
川沿いを走る列車にて　64

Ⅲ

ひきこもり　68
灼　70
0・5秒の宇宙遊泳　72
十二月八日　74
石蕗の花　76
孤独　78
蝶の命　人の命　80
葉緑銃　82
＊
もくれんの花　86
あとがき　90

装幀・題字　白石治子

I

もう飛びません　この蝶々

幼虫のときには目が見えなかった　手当たり次第に草木に登り
葉っぱを食べて過ごした　触覚しかないので　触れるものには
敏感だった　一度登った植物は茎や枝に触れただけで　その先に
どんな葉があるか覚えていた　春先に柔らかい若葉をふんだんに
つけるクチナシなどが好物だった

蛹の期間のことは覚えていない　脱皮して　初めて世界を見たときの
感動は忘れられない　なによりも　世界がさまざまな色彩に
溢れていることに驚嘆した　さっそく華麗に咲き乱れている
ツツジの花に分け入って蜜を味わったときには　地上に生を享けた

喜びをしみじみ感じた

何年も暮らした闇の世界に比べて　光の眩い地上の世界は
不思議の国である　あらゆる種類の生き物が活動しているが
なかには私たちをねらう動物もいるらしい　とりわけ白い袋
みたいなものを竿の先につけたのが近づいてきたら身を隠せ
と教えられた

事実　近所で一番派手な翅をもつ蝶がとつぜん姿を消す
という事態も起こった　見慣れない種類の蝶がとつぜん
姿を現すこともある　遠い土地から風に乗って旅をして
くるのだという　海を渡ってくるのもある　危険を冒して
なぜそんな旅をするのか

子孫繁栄のためだ　遠い土地からやってきた雄は

さかんに交尾の行動に出た　旅してくるのは丈夫な雄だった
それを見て　自分も旅に出たいものだと思った
マロニエの梢から飛び立ち　存在の明るみに出ると
あとは風が運んでくれた

なんとかいう海峡を渡って別の大陸に辿り着いたが　疲れてそのまま
休養に入った　ところが回復してみると　おそろしく老いを感じる
新しい土地の草花や虫の仲間について　天敵についても教えてくれた
雌の蝶が　一緒に海を渡って戻ってもいいと言ってくれるが
もう戻るつもりはない

大震災を体験して

あのとき地球の本当の顔に出会った
途方もなく大きい生き物のようであったが
顔の輪郭が掴めたわけではない　それでもその生き物が
わたしの頬の近くまで迫ってくるのが分かった
月面の乾いた海を思わせる　温度のない
表面だったが　恐ろしい破壊力を感じさせていた
悪寒に震えて悲鳴を上げる食器棚を支えるわたしを
あざ笑うように　本棚のあちこちから一斉に
大小の書物を容赦なく叩き出す　こうなるともう
手の施しようがない　力の全開を知らせる轟音が

いまにも鳴り響くかと　思わず固唾を呑む

同じ頃この生き物の本体は海底から体を起こし
巨大な波の壁を立ててひたすらに陸地をめざし
入り江の一つ一つに入り込んだ
堅固な防波堤すら乗り越えて
つつましい集落に襲い掛かる
一軒一軒　戸口から窓から押し入って
日常の生活にいそしむ人々の命を
集金でもするように取り立ててゆく

巨大なクラゲ状のエネルギーは　地球が
ジュラ紀の頃からずっと内に育てている
そのエネルギーをときおり一気に発散することで
地球は形態を保っている　地球史のサイズでは

破壊もまた一つの文化なのだ　破壊行為は
海沿いに立つ巨大な箱にも襲いかかると
内に収められた装置が水浸しになり
爆発から不吉なことがつぎつぎと起こった
かの訪問者は　人類が原爆製造以来
自然の掟を突き破って　悪魔の暴力を引き出し
あらゆる惨状をさらけ出すのに目を覆いたくなり
そそくさと沖へ引き上げた

人類は地上の住人としての慎みを忘れ
文明を過度に発達させた挙句
地上のあらゆる生き物を
窮地に追い込んでしまった
いずれ人類は全面的に退陣して　わたしたちの星は
シダ類など勁《つよ》い草木に覆いつくされる

静かな天体に戻ることであろう

泰山木

五月晴れから五月雨へ季節が移るころ
庭の隅に立つ老木のなかで胎動がある
枝の端々にまで樹液を届ける役割の
木の精たちの働きぶりはどうだろう
幹の下方の管が詰まっているらしくて
梢のほうの花のつぼみがふくらまない
木肌の傷もかさぶたが割れて痛々しい
そこには目敏いアリたちが列を作って
木の養分を地下の巣へ運ぶのに忙しい

それでも例年より遅れ気味ながらも
自慢の大輪の花がつぎつぎと開いた
ミシシッピーの平坦な沃野にただよう
艶やかな南部の大気が香ってくる
毛皮のような花びらで蕊を包みながら
硬い守りの盾のあいだから　眼下で
満開を謳歌する紫陽花たちの賑わいに
物憂いまなざしをそっと投げかける
溢れる孤独な気品を一筋の涙に変えて

梅雨の晴れ間

大陸から梅雨前線が差し伸べられると
列島は毎日のようにずぶぬれ
緑の地球の模型のようなこんもりとしたトネリコが
降り続く雨を溜め込んで耐えている
小鳥と虫たちも雨宿りのまま居ついてしまい
アシナガバチは健気にも　雨のなかをふらふらと
出かけてゆく　巣作りは待ったなしだ

梅雨前線は気まぐれ者
北へ寄ったり　南にずれたり

降り込められた一週間ほどののち
なつかしいもののように青空がのぞく
すると　忘れかけていた歌のしらべが
ふと耳に帰ってきたように
塞いでいた時のとびらが
少しずつ開いてくる
待ちきれなくて飛び出してくるいたずらな言葉たちは
ダンスのパートナーを探してざわめく

みるみる空全体に雲が薄くなり
小鳥たちがあわただしく右に左に飛び交う
自然の物たちはそれぞれの行動のモードが変わる
雨の中で沈んだ紫を主体に咲いていたアジサイは
青色にトーンを変える

病気もひとまず治癒して
しばらくは自宅で仕事ができるという
その期間が梅雨の晴れ間ほどであっても
命を高揚させ　収穫を上げよう

妙心寺　雨

退蔵院の庭は空に開かれた山水の構図
ささやかな庇の下で雨を避けながら
二つの水の響きの交わりを聞き分ける
小さな滝の路が立てている呟きが
絶え間なく物憂い命の流れを表わせば
空からの滴が木の葉に触れる囁きには
ときに不在の人の声が混じる気がする

退蔵院を出て妙心寺の広い境内を行く
傘の角度と足元の敷石ばかり気にして

降りつづく雨のなかを歩いているうち
方向を見失ってしまった　気がつくと
左右の建物はみんな口をつぐんでいて
道行く人の姿もない　雨水が靴の中に
腕に　背中に　容赦なく浸み込んでくる

未知の土地で迷子になった思いで
うろついていると　遠くに北門が見えた
気を取り直して進軍を始める　かつて
中国戦線で「泥水啜り草を食み」行軍した
日本兵を思って一歩一歩・・・

京都の雨は狂おしく　止むを知らない

だれもいない墓地

陽を浴びて欠伸している墓地があり
引かれるように入って行く
街の音がたちまち遠ざかる

足に絡みついてくるものがある
囀っていた鳥たちは
それぞれの隠れ場所で様子をうかがう

しんとした空間に警戒が走る
巨石を覆っている苔の上には

つややかな肌のトカゲが身構える

おれたちの居住空間を取り壊し
都市再開発の計画を進めるため
調査をしにきたのではないか

冥界の薄闇を貪っていた死霊たちが
金糸梅や躑躅の根方から姿を現わす
小人のようないでたちで踊り始める

いびつな三角の瀟洒な墓の姿が目につく
東京府士族茨木直彦と妻滝栄の墓とある
激動の維新を生きた夫婦の霊もうごめく

南方の空で敵機と交戦しあえなく散った

若き空軍兵士らの墓標ばかりは
どこ吹く風と　なんの反応も示さない

岬

風景は単調な起伏がつづき　草木はさびれる
潮の香りをふくんだ湿った風が頬をたたく
いっしょに歩いてくれる人はもういない
口から出まかせの歌を歌ってみても
風に押されて　声音はかすれてしまう

傾《かし》いだ防風林を抜けると　向こうは海の領分
波は威嚇する狂暴な獣のように襲いかかって
細い陸地の舌を麻痺させようと締め上げるが
舌は地上の感覚を集中して海の圧力に対抗する

ときに尖端の灯台から光を放って海を見回る

地上の生命はここで肉体の衣を脱ぎ捨てて
未知の世界に入って行く　その先は
海と陸との交錯から始まる裏側の宇宙
言葉とは違う秩序の網が張られていて
新しい生命を産む神秘の巣があるだろう

やっと地上から戻ってきてもうこりごりと
深みに沈んでゆく魂もあろう　けれども
すぐに再び地上での生に憧れる多くの魂は
生命の種を蘇らせて岬から這い上がるだろう
どんな生命体になっても　無心に受けとめて

ヒアシンスハウス

上空から眺めていると
沼のほとりに立つ小屋の屋根に
目印のような記号が
青く光っていた
のちにその地点に行ってみると
小屋と見えたのは　木造の
別荘風の小住宅だったが　屋根に
青い印などあるはずもなかった
入口も窓も開け放しで
だれでも好きに入ることができるのに

屋内は少しも荒らされていない
そこには　どうやら
地上とは別の時間が流れている
宇宙を巡回している霊たちが
ときおり立ち寄っては
必要な世話をするらしい
この世と霊の世界との美しい共鳴がある
青い印が光っているときには
設計者本人の霊が訪れている
彼はいつも窓を開け放って
沼のほうを眺め渡していて
思うことはいつも同じ
（辿り行きしは　雲よりも
　はかなくて　すべては夢にまぎれぬ）＊
けれども夢は　のちの世を生きる人々の胸で

とりどりの樹木となって繁っている

＊立原道造の詩「南国の空青けれど」より

龍宮

薄暗い古い庭園には
知恵の実が生る低木が立ち並ぶ
古い木新しい木とりまぜて
実の形も色もさまざま

知恵の実をもぎにやってくるのは
渋い顔をした男たちばかり
実を包む固い殻が割れないと
表情はいちだんと渋くなる

長い年月を囲いこんだその空間が
ある日つややかな青い潮に満ちている

藻の揺らぎ
珊瑚のしとね
ひょうきんに泳ぎ回る魚たち
どこからくるのか
バラいろの光

(乙姫さまはどこ)
ウロコのない奇妙な生き物が
探している
(乙姫さまはどこ)
声を聞きつけたのか
海面近くをジンベイザメが

音も立てずに寄ってくる
（きみじゃあないよ　乙姫さまだよ）

サメが通り過ぎたあと
月の光が淡く射し込み
水中で千々に乱れる
その光のゆらめきのなかで

（ほら見つけた）
魚たちが巣を作っている
大きな岩のかげに
脱ぎすてられた
あでやかな衣を
そしてそのかたわらに
熟れた知恵の実が　ふたつみつ

どうだんつつじ

人とのことにほとほと疲れて　川を渡った
向こうからくる人々の顔には見覚えがある
ところがみんな見知らぬふり　岬に出ると
夕暮れの海に灯台が光を送る　未来へと

どうだんつつじの鈴が鳴る
りんりんりん　りんりん

言葉の海の上をただよい　語りの迷子になる
空にようやく一つの星が現れて　海流の

よみかたを教えてくれる　深海をさぐって
これまでの世界になかった知恵が見つかるか

りんりんりん　りんりん
どうだんつつじの鈴が鳴る

人類の歴史が終わると　世界遺産も廃墟となり
どの大陸も草木に厚くおおい尽くされる
それから何万年経つだろう　新しい生物が
次の文明の紀元前を築き始めるまでには

りんりんりん　りんりん
りんりんりん

Ⅱ

槿と櫻

櫻の幹に槿の茎が這い上がって
ハンの木の茶色の花を咲かせる
年輪を重ねた櫻の木は息苦しく
槿の花の粘りづよさに肩寄せる

槿が馬に食われんとするところ
櫻の吹雪が馬の鼻の孔をふさぎ
槿の花は人に知られず救われる
散る花は咲く花の様を見ている

耳がとぶ
氏名がちる
文字がきえる
耳がとぶ
氏名がちる
文字がきえる

半島から列島へ流れが絶えない
浸み込む湿気で土地が潤うなら
難波から越後へ這う蚯蚓《みみず》もいる

蹴上げたボールが旋風に流され
海峡の中間あたりで海に落ちる
両岸で槿と櫻が競って引き合う

うおつりザウルスの転身

魚類を常食とするその大型の恐竜は
知恵のつまった頭部と
姿のいい胴体とからできていて
恐竜時代の終わりが近づいても
アジアの内海とその沿岸で
のびやかに暮らしている
恐竜史のなかでも際立った存在なので
日出ずる東の小国からは
太平洋の広い池で泳げばよいと
菩薩の没する西の大国からは

ゴビの砂場であそべばよいと
それぞれの国から絶えず
自分の国に所属するよう求められている
正直なところ
恐竜がなぜ人間の国のどちらかに
所属しなければならないのか
納得がいかない
両国の共同管理とか国連管理は
できないものか　それがだめなら
恐竜がこれまでに食した
魚の珍味一覧表を両国に提供し
和解の種にしてもらうか
それもだめなら
鳥に進化するよりほかないだろう
翼をつけて空を飛ぶほかないだろう

東シナ海文化圏

ユーラシア鉄道のターミナル釜山駅の近く
高い建物の屋根にカチガラスがとまり
南に開ける海を見渡して　声を上げる
大陸を駆け抜けた鉄道は勢い余って
海を越えてどこかにつながろうというのだ
往来する色とりどりの船も応援の手を振る

琉球国の古式の装いを羽織った首里城が
いつになく北からの合図に応じる
南方からのあの無尽蔵の劫火の襲撃以来

北の方角に幸があるとのお告げが聞こえたと
伝統の民族舞踊の一団とともに
確かな呼び声が届くのを待っていたという

南国風の「麗しき島」フォルモサは
国際的にとりわけ危うい基盤の上に立つ
近い国遠い国々と良いつながりを保つのが
台北市の日々第一の課題とされる
島の誇りは霊峰玉山旧名新高山
今は富士と並んでこの海沿岸の守り神

世界の上海市は文化東漸の時代には
東に広がる海の沿岸の各地域にその時々
新たな文化を届ける役目を果たしてきた
日本到達に執念をもった鑑真和上を偲ぶべし

いまは東も西もない　もちつもたれつの時代
張り巡らされた交流の線が生きて　花が咲く

西の海に秋の夕陽が沈む絶景を臨む福岡市
一隻の漁船があれば商売の成り立つ豊かな海
かつての時代には決死の文化使節を
彼方へ送り　またある時期には国家により
列島の防衛のため砦としての役目を担った
光輝のページをめくると裏は暗黒のページ

坂の町長崎市も苦難と魅惑の過去を抱えている
被爆の傷痕は人類に核廃絶を訴えつづけ
潜伏キリシタンの遺跡も人々の思いに浸み込む
来襲した元の船は今も海底に折り重なっている
鎖国の期間　日本と世界を結ぶ窓口だった

歴史の教訓と疑問符がたくさんある

このような各地の動向にもとづいて
沿岸の島と都市の代表がこのほど　釜山で相集い
東シナ海文化圏を宣言した
この海の沿岸にクルーズ船を定期的に巡航させて
船上であらゆる交流と融和の催しを実行する
ここは永遠に平和な出会いの海となるのだから

釈迦涅槃像

――篠栗・南蔵院――

宇宙サイズの涅槃像のお顔は
桁数の多い数字を　割り切れるのに
割り切らぬまま夢のなかに注いで
茹で上げたような表情をしている
千切りの苦悩が幸福のきんぴらに

釈尊の心臓に当たる場所に身を置くと
山林の奥にいるような静けさがみなぎる
無音の空間で耳を凝らしていると
ゆったりとした鼓動が遠くから

海のむこうの雷鳴のように聞こえてくる

山あいにハゼの木が色づき始め
ムクドリの群れが秋空を舞う
家族連れが温泉場に入って行く
地上の生の休日の現われが
そのままお釈迦様の死の風景なのか

擬宝珠（ぎぼうし）—Ｓ・Ｓに—

開け放たれた窓から
ふいに能管の音が流れ出す
庭の草木がまどろみから
目覚めて見交わす

塀ぎわの擬宝珠の株は
沈黙の蕾を内から破って
健気に白い花を開いた
霊妙な笛の音に伴われて

虫に喰われた大きな葉は
夕立のおとずれを待ちながら
おおらかにあくびをする

幾年もの悲しみを経た生命は
深い泉をくぐりぬけ
今つややかにうたい出る

*ここで歌われているのは大葉擬宝珠のこと。花は純白。

ルピナス

—インゲボルク・バッハマンのために—

遠くに狼のさびしげな声を
聞いたような気がした
北の大地でも森が後退し
狼は奥地へと住処を変えている

何万年というあいだ
この土地を駆け回った獣の魂は
ルピナスの花の姿のなかに
受け継がれているのではないか

地面から茎太く屹立し
初夏の光をいっぱい受けて
紅に黄色に花袋をつける
過酷な運命と闘う女性にも似て

ラベンダーの広大な織物のわきで
その花は無防備にたたずむ
早春のあらしに負けず
五月の霜にも耐え忍んで

いとしい詩人よ　あなたの手で
ルピナスの火を守ってほしい

サルマチア

乾いた風が　遠くから
野生の匂いを運んでくる
起伏ある平原に
遊牧の民が見え隠れするという
サルマチアはどこにあるのだろう

線のないところに線を引き
領土と称して　それを拡張する論理が
はびこっている地球の陸地
飽くなき陣取り合戦に挟まれ

移動する民とともに
地名も動いて いつのまにか
地上から消えてしまったのか

都市を築くという事業も
サルマチアには似合わない
どんな権力をも招こうとしないから
余分な人手を探そうとはしないから
建物の高さなど競う気もないから

ああ　サルマチアは
詩人の心の中にしかないのだ
素朴な人間の集団同士が
星座の変化をよみながら移動し
出会うたびに喜び合い　助け合い

この星にふさわしい暮らし方を
求めつづけているその場所は

＊サルマチアはドイツの詩人ヨハネス・ボブロフスキー（一九一七－一九六五）が東ヨーロッパ地域に思い描いた民族融和の空間である。

受胎告知

―シモーネ・マルティーニによる―

「遠路はるばるご苦労なこと　お疲れでしょう」
「このたびの出張は主の特命です　こういう際には不滅の活力を
注入されていますから　役目が全うされるまでは疲れを感じる
ことはありません……　このたびは主の命により参上しました
あなた様が神の御子を生むことになる　という予告をお届けに
参じました（オリーヴの枝をマリアに手渡す）祝福されたお方
いま主はあなたのもとにいらっしゃいます」
「あら　でも　ちょっと困るわ　まことに光栄なことですけれど
わたしは神様から選ばれるような　そんな女ではございません
お祈りを欠かしたことはありませんが　まだ信仰が固まっては

おりません　御子を得るにしても　人間同士の交わりを通じて
恵みをいただきたいと存じます」
「ご心配なさいますな　主はすべてをみそなわして　最善の道を
お選びになります　どうか主の御心に身をお任せください」
「主のおそばにおられるから　ご座所にただよう香気をおもちに
なっておいでです　天上は穏やかな光に満ちているでしょう」
「天上界はいずれははるか遠くへ去ることになるのです　わたしも
同じ運命となりますが　それがどこかは知らされておりません
それ以降　地上のことはすべて地上の人々にお任せします」
「そのときには　ガブリエル　いっそ地上の人間になってここで
活動なさったらいかが　地上は思いもよらず奥が深いのよ」
「天上離脱も可能ですが　そのときわたしは悪の側に所属します
今とは反対の性格を帯びることになるのです　マリアさま」
「地上の人々にとって　それは試練を意味します　試練を受けて
人は生きる道を知り　神の教えを理解するのです　わたしも

その覚悟です」

「分かりました　よく考えてみます　今のお話はどうぞご内聞に

いつになく疲れています　翼に浮力がつきません　なぜなのか」

数か月を経て神の子イエスは誕生した

川沿いを走る列車にて

生きるとは流れることである――
つぶやいていると川の景色が見えてくる
山あいを走る列車に付いてくる川がある
線路ぎわに迫ってきて　せせらぎの音が聞こえ
深い谷川となって鉄橋の真下を流れ
しばらく姿が見えなくなり
ふいに思いがけない方から現れて
おどけた顔をして同行する　ぷっつり姿を消す
列車は山岳地帯を喘ぎながら登り始め

窓外の景色に川のけはいは感じられない
目を閉じていると夢の世界に入って行く
しなやかなヘビが身体に巻きついてきて
振りほどこうとしても　きつく絡み付いてくる
息苦しくなってもがき　目が覚める
窓外に目をやると　列車は広い平地を走っていて
そのなかを水量豊かな大河が流れている
さっきの山あいの川と同じ川である
大きい河に成長していた

大家族を抱えて居る働き者の人の姿が見えてくる
家族のなかに波が立っても　病の子が出ても
明るい調子で世話をする
日照りがつづけば　大河も細い一本の流れとなる
河口に近づくと　投げ込まれたゴミやガラクタが

溜まって　岸辺に打ち上げられる　眺めていると
川の一生の裏側が見えてくる　川は海に流れ込む
すべての生が死へ注ぎ込むように

Ⅲ

ひきこもり

気がつけばわたしはひとり
沖の大きな岩の上に居残っている
この時間大空から海に向かって
二本の腕が下りてくることがある
波のしぶきが口の中に入ってくると
原初の洞窟のこぼれた壁の味がする
潮が膨らんで岩を隠してしまうと
陸から呼び掛ける人々の声は遠のく
それでもわたしはここにとどまる
空と海とのむつまじい交わりが

わたしの心を愛の滴で潤すのを
確かめることができるまで

どれほどの時が経ったか　今度は潮が
引いてゆく　岩陰から水が逃げていく
海の底だった沼地が息を吐きながら
下りてお出でよと声を掛けてくる
わたしは下りて行かない
龍宮までの道のりはどのぐらいか
途中で奇妙な魚たちに出会えるか
乙姫さまはどのように迎えてくれるか
知りたいけれどもここにとどまる
わたしのまわりに青い光が溢れて
水の精が立ち現れ　わたしを肩に乗せ
海の彼方に連れ出してくれるまで

灼

真夏　大気に入り混じる生殖の匂い
よみがえる幾とせもの暑さの記憶
その記憶をくるみ　十重二十重と膨らむ
分厚い暑さ
居残る暑さ
突き上げる暑さ
炎熱の真綿は　田畑や草地や水辺の
いたるところで夏を生きている蚊を
締めつける　やがて耐えられないほどに

いつもの夏ならこの時節　庭に下りると
十秒もしないうちに数匹の蚊が
脛の表裏にばらついてとまり血を吸う
小憎らしい奴らなのだが
この夏は一匹のタッチもない
蚊族にも熱中症現象が蔓延しているのか
渦巻く線香から立ち昇る空しい香り

地球が灼かれている
熱帯夜がつづくため
日に何百種もの生き物が滅びていく
世界中の海水面が上昇し　陸地が没する
ああ　ディストピア　残酷な世紀
人の盲点をねらって血を吸いにくる
か細い昆虫がいじらしい

0・5秒の宇宙遊泳

左のつま先から鈍い音が耳を打つ
息を呑む離陸
しまったと思う間もなし
大地は世界地図となり
疑惑の怪魚は動けない
不吉ななりゆきが脳裡を走る
ユーホー　隕石　車いす
ひとりだけの御巣鷹か
・・・・・・
通りかかったのは一本釣りの漁師

釣られて怪魚は元の姿に
人間並みに二本足で立てるのか
おそるおそる足を踏み出して
待て　しばし
墜落した頭部からすぐのところに
建物の角が冷たく突き出している

どこまで続くか一本道
道幅はしだいに狭く
落とし穴の数も増える
窮地に穴を踏む
踏むと
手にもつ皿が逃げていく

十二月八日

富士山頂で迎える元旦の朝の空気が
街の中に匂っているようなすがすがしさだった
それは　後で思えば　国民全体
透明な牢獄に入れられたようなものだった
そこへ　悪名高い大本営発表が浴びせかけられた

ラジオの声もいつになくおごそかに
たてつづけの大戦果の発表は日本軍部による
日本国民の魂への麻酔薬の注入だった
繰り返し流される行進曲の歌の歌詞は

「敵は幾万ありとても　すべて烏合の勢なるぞ」
と勇ましく　日本軍が世界最強であると人は信じた
あの日に始まった国民の意識の呪縛は　ついに
八月十五日まで自力で解くことはできなかった

石蕗の花

人生の十一月に入り　石蕗《つわぶき》の花を意識した
金木犀の香りが消え　紅葉の華麗な彩りが
静かに褪せ　小春日和に君臨した柿の実も
鳥に突つかれて姿を崩してしまったあとに
少し濁りの入った黄色い花びらが輪を開く
香りも彩りもほかの花と競う気は見えない
庭が素面《しらふ》になったのを見て長い首を伸ばす
日陰者が灯火を点けて夕暮れの散策に出る

孤独

花壇をつくって
春にはプリムラ
秋にはコスモスを咲かせた
ゴージャスな植物は好まない
プリムラの好きな人は春に
コスモスの好きな人は秋に
やってきた
好きなだけ摘んでいいよと勧めても
なぜかみんな摘んでいかない

そのうちにわかってきた
花壇のまわりに
ガラスのような透明な板が
張り巡らされているのだ
その囲いに気がついた人は
もう花を見にこなくなる
だれがそんなものを作ったか
調べたら本人の特注とある
本人は発注したおぼえはないのに

囲いの取壊しには時間がかかった
やっと取壊しが完了したら
花壇は枯れていた

蝶の命　人の命

―Ｔ・Ｉ君に―

小柄ながらも金緑色の衣裳をかざす魅惑の蝶　人里を遠く
離れた照葉樹林のなかで短い成虫の生を営み　種の維持のた
めに以心伝心なすべき行為をつないでいる　名も文芸の香を
含み　ヒサマツミドリシジミという
昆虫マニアのあいだでも憧れの的であるヒサマツに　昆虫
青年の君は以前から格別の愛着を抱いていた　君は孤立した
マニアではなく　ネットワークを活用して同好の士と情報を
交換して　この蝶についての知識のファイルは完成していた
数年前には勤めていた会社を定年を待たずに退職し　自宅
から二百キロ離れた　南アルプスの山あいにある棲息地まで

出かけて行くようになった　蝶の生態を観察し　写真撮影に
精根をこめ　成果を公表する
　ヒサマツの成虫は　繁茂するウラジロカシの木を棲家とし
夏を眠りでやり過ごし　秋になれば水辺に降りて水分を摂り
頃合いをみて樹木の冬芽の褥に産卵する　生殖行為の終わり
が生命活動の終わりとなる
　蝶が危険な岩場で果敢に水をのむ様子を見て息を呑んだ
冬芽の生育ぶりを蝶が慎重に点検して　卵を産み付けるのに
最適の時点を探っているらしいのを知って目を瞠った　この
星に生きる者として必要なことに徹し　余計なことには手を
出さない生き方に共感した
　不幸が訪れた　ある日君が目的の地へ向かう山中で愛車が
故障して動かなくなった　故障の原因はつきとめたが　修理
のための援軍を待つ間に　脳が烈しい麻痺に襲われた
　君は蝶とともに無辺の宇宙へ帰って行った

葉緑銃

気がつくとベッドのわきに男がいた
警察の人のようではない
男は一枚の書状を出しながら
グリーン資源局の者だと言う
書状を見ると　私が去年消費した
水力と火力の総額とその明細が
記載されているではないか
これは月々支払っていると言うと
それは水道局東電東ガスの分だろう
こちらは地球本部からの請求で

今度決定した徴収分だという
水やガスは人類の資産だと呟くと
それはあなた方の認識不足だ
私たちは資源を確保するために
世界の各地で作業をしている
しかもあなたの資源消費量は
上限を五パーセント超過していると
語気を強めて迫ってくる
それを聞いて私は眉をひそめた
これは怪しいと語気をつよめて
払うべきものは払っている
帰ってくれと　ひらきなおる
すると男は懐から葉緑銃を取り出し
いきなり至近距離から撃ってきた
鳩尾《みぞおち》のあたりがしくんと痛んだ

その時以来私は菜食主義者となり
日々光合成に余念がない

*

もくれんの花　―終曲―

苦しい夢の連続から
もがくようにして
やっとの思いで這い出すと
もくれんの花が風にそよいで
わたしを迎えてくれた
紫いろの芳香が濁り水を洗い流す
花びらの内側をさぐると
純白の艶やかな肌がひそむ
なつかしい人の若き日の微笑み
セーターのふくらみに思いを宿す

ゆるい石段をどこまでも登っていくと
古風な鐘楼が待っている
力をふるい　鐘をつけば
もくれんの響きが流れる
人生という野に殷々とただよい
在りし日を呑み込んでゆく

あとがき

この詩集の背景となっている私の人生のあらましを記します。

旧制中学の三年生のとき、大阪で戦災に遭ったあと敗戦となりました。戦後の食糧難の時期、学校の身体検査で栄養不良と診断されました。大学ではドイツ語ドイツ文学を専攻し、その後もその分野で教師・研究者を長年務めました。研究はリルケから始めましたが、関心はドイツ語圏各国の社会と文化に広がっていきました。ドイツ文学史の再検討をテーマに掲げましたが、私の手には負えませんでした。東西ドイツ統一の前後、韓国、中国の学者と交流をもてたのは格別の思い出です。

大学人としては大学紛争、無期限ストを体験しました。また、同志とともに独検の創設のため奮闘しました。

同学の女性と結婚し、一男二女を設けましたが、社会で活動する女性がどんな壁にぶつかるのか、つぶさに目撃してきました。妻と死別したあとで、九・一一と三・一一に遭遇し

ました。

これまで在住した土地は東京、神戸、大阪ですが、これは父親の勤めの関係による移動で、祖父は大分県三重町（現在の豊後大野市）の出身です。わが家のルーツは九州です。

以上のような体験のページを私の心は流転しました。

掲載された作品は詩誌「4B」「禾」「午前」「みらいらん」「詩素」アンソロジー「花音」などに発表したものですが、詩集収録にあたって適宜改稿しました。

なお今回は「4B」同人の中井ひさ子さんに校閲をお願いしました。厚くお礼を申し上げます。

二〇二一年六月二四日　二回目ワクチン接種の日　著者

著者略歴

神原芳之（かんばら　よしゆき）［本名：神品芳夫］

一九三一年東京生まれ。少年時代を阪神地区で過ごす。

一九四六年以降は東京在住。

詩誌「詩と思想」編集参与、詩誌「4B」「午前」同人。

編著『自然詩の系譜――二十世紀ドイツ詩の水脈――』（みすず書房）により第五回日本詩人クラブ詩界賞受賞（二〇〇五年）。詩集『青山記』（本多企画）により第二八回富田砕花賞受賞（二〇一七年）

日本詩人クラブ名誉会員／日本独文学会元会長／日本文芸家協会会員

現住所　一〇七―〇〇六二
東京都港区南青山四―五―二

流転

発行　二〇二一年一一月三〇日

著者　神原　芳之

発行者　知念　明子

発行所　七　月　堂

東京都世田谷区松原二—二六—六—一〇三

電　話〇三（三三二五）五七一七

ＦＡＸ〇三（三三二五）五七三一

印刷・製本　渋谷文泉閣

ISBN 978-4-87944-456-1 C0092

落丁・乱丁本はお取り替えいたします。